AF355788

SECONDE VENTE

Après le décès de M. LANDAU

EN VERTU D'ORDONNANCE & D'UN JUGEMENT DU TRIBUNAL CIVIL DE LA SEINE

DE

56 TABLEAUX

ESQUISSES, ETUDES ET DESSINS

PAR

A. Feyen-Perrin

COMMISSAIRES-PRISEURS

Mᵉ CAILLEUX | **Mᵒ BERLOQUIN**
88, rue Lafayette, 88 | 26, rue de Provence, 26

M. B. LASQUIN, EXPERT, 12, rue Laffitte.

HOMO
ADDITVS
NATVRÆ
IMPRIMATVR SVB SIGNO

CATALOGUE

DE

56 TABLEAUX

ESQUISSES, ÉTUDES ET DESSINS

PAR

A. FEYEN-PERRIN

ET D'UNE MONTRE EN OR

Dépendant de la Succession de feu M. Landau

DONT LA VENTE AURA LIEU PAR CONTINUATION

En vertu d'ordonnance et d'un jugement du Tribunal civil de la Seine

Et à la requête de Mᵉ GUIET, administrateur provisoire de ladite Succession

HOTEL DROUOT, SALLE Nᵒ 5

Le Mercredi 19 Janvier 1887

A DEUX HEURES

COMMISSAIRES-PRISEURS

Mᵉ CAILLEUX | **Mᵉ BERLOQUIN**

88, rue Lafayette, 88 | 26, rue de Provence, 26

EXPERT

M. B. LASQUIN, 12, rue Laffitte, 12

EXPOSITION PUBLIQUE

Le Mardi 18 Janvier 1887, de 1 heure à 5 heures

CONDITIONS DE LA VENTE

Elle sera faite au comptant.

Les adjudicataires payeront *cinq pour cent* en sus des enchères.

Paris. — Imprimerie de l'Art. E. Ménard et J. Augry
41. rue de la Victoire.

DÉSIGNATION

TABLEAUX ET ÉTUDES

PAR

FEYEN-PERRIN

1 — *Le Chemin de la Corniche; jeune paysanne sur un âne, près d'une falaise.*

Haut., 45 cent.; larg., 27 cent.

2 — *Melon et fruits sur une table.*

Haut., 52 cent.; larg., 72 cent.

3 — *La Jeune Pécheuse.* (1878.)

Haut., 70 cent.; larg., 50 cent.

4 — *Baigneuse au bord d'une rivière; soleil couchant.* (1881.)

Haut., 65 cent.; larg., 43 cent.

5 — *Baigneuse; effet de soleil.* (1881.)

Haut., 31 cent.; larg., 56 cent.

6 — *Pêcheuses de crevettes.*

Toile. Haut., 5o cent.; larg., 65 cent.

7 — *Ronde des étoiles.*

Signé à droite.

Toile. Haut., 1 m. 20 cent.; larg., 2 m. 10 cent.

8 — *La Mort d'Orphée.*

Signé à droite.

Toile. Haut., 1 m. 5o cent.; larg., 2 mètres.

9 — *Les Étoiles.*

Toile. Haut., 4o cent.; larg., 4o cent.

10 — *Baigneuse à l'étang.* (1880.)

Bois. Haut., 60 cent.; larg., 35 cent.

11 — *La Mort d'Orphée.*

Bois. Haut., 26 cent.; larg., 36 cent.

12 — *Le Retour des pêcheuses.*

Haut., 27 cent.; larg., 35 cent.

13 — *Femme dans un pre.*

Bois. Haut., 24 cent.; larg., 34 cent.

14 — *La Servante.*

Peinture sur porcelaine.

Haut., 40 cent.; larg., 24 cent.

15 — *La Pêche à la ligne.*

Haut., 29 cent.; larg., 39 cent.

16 — *Paysage.*

Bois. Haut., 10 cent.; larg., 42 cent.

17 — Rochers au bord de la mer.

> Haut., 18 cent.; larg., 24 cent.

18 — Baigneuse assise au bord de la mer.

Esquisse non signée.

> Haut., 52 cent.; larg., 72 cent.

19 — Baigneuse vue de dos, assise au bord de la mer.

> Haut., 25 cent.; larg., 20 cent.

20 — Femme nue, vue de dos, debout contre un arbre.

> Haut., 30 cent.; larg., 22 cent.

21 — Une Nymphe.

> Bois. Haut., 21 cent.; larg., 12 cent.

22 — Italienne.

> Haut., 21 cent.; larg., 13 cent.

23 — Jeune Cancalaise.

> Haut., 31 cent.; larg , 25 cent.

24 — *Ronde de Nymphes*.

Haut., 23 cent.; larg., 54 cent.

25 — *Les Baigneuses*.

Bois. Haut., 30 cent.; larg., 36 cent.

26 — *Le Retour des Pêcheurs*.

Bois. Haut., 37 cent.; larg , 44 cent.

27 — *Le Torrent*.

Haut., 36 cent.; larg., 50 cent.

28 — *Nymphe couchée*. (1880.)

Haut., 42 cent.; larg., 59 cent.

29 — *Ève pleurant sa faute*.

Esquisse.

Haut., 72 cent.; larg., 52 cent.

30 — *Une Grève*.

Haut., 16 cent.; larg., 26 cent.

31 — *Jeune Cancalaise.*

> Haut., 44 cent.; larg., 34 cent.

32 — *Astarté.*

Étude pour le Salon de 1881.
Esquisse peinte.

33 — *Astarté.*

Étude pour le Salon de 1881.

34 — *Pêcheurs sur la plage de Scheveningue.*

Esquisse.

Toile. Haut., 1 m. 70 cent.; larg., 2 m. 35 cent.

35 — *Le Couronnement d'Auber.*

Esquisse.

Toile. Haut., 1 m. 25 cent.; larg., 1 m. 70 cent.

36 — *Les Baigneuses.*

Esquisse.

Toile. Haut., 95 cent.; larg., 87 cent.

37 — *Étude de baigneuse.*

Grandeur naturelle.

38 — *Étude de baigneuse.*

Grandeur naturelle.

39 — *Étude de baigneuse.*

Grandeur naturelle.

DESSINS

---

40 — *Tête de femme*. (1883.)

Étude au fusain.

41 — *Femme couchée*. (1883.)

Étude au crayon.

42 — *Portrait de jeune femme*. (1883.)

Dessin à la plume.

43 à 52 — *Dix études*.

Dessin à la plume et au crayon.

53 — *Étude de femme nue, assise, se coiffant*.

Dessin.

54 — *Pêcheuse et tête d'homme.*

Deux croquis au crayon.

55 — *Personnages allégoriques.*

Étude pour le plafond de Monaco.

56 — *Étude pour la toile des Italiens.*

Belle montre à remontoir en or.